AF599511

Le livre des sombres secrets

Stanislas Obry

Le livre des sombres secrets

Roman

ISBN : 979-10-422-2135-5

1

On venait de terminer notre année scolaire et nous avions déjà l'ambition de célébrer le début des vacances. Nous voulions inviter tout le monde, tous ceux que nous connaissions, afin que ce soit inoubliable pour tous et que cela reste gravé dans les mémoires. Pour moi, c'était surtout l'occasion de faire le premier pas et d'aller voir Margot. Elle n'était pas d'ici. Elle était arrivée en mars dans ma classe. Selon les rumeurs, ses parents avaient divorcé et sa mère avait obtenu la garde, ce qui les avait amenées à déménager pour se rapprocher de leur famille. La première fois que je l'ai vue, c'était pendant le cours de géographie. J'étais assis à l'arrière avec un ami et nous nous ennuyions tellement que nous avons fini par inventer des jeux avec ce que nous avions sous la main : un quiz, un morpion, un concours de blagues, le tout agrémenté de petites conversations sur le football, les jeux vidéo, l'actualité et bien d'autres sujets. Tout était bon pour éviter de s'endormir. Il était à peine 8 h 30, la journée venait de commencer et nous étions déjà ennuyés. Mais cela n'allait pas durer, du moins pas pour moi. Le professeur continuait son cours lorsque quelqu'un frappa à la porte. C'était la CPE accompagnée de Margot. Qu'elle était belle ! Je me souviendrai toute ma vie de son visage timide, de ses yeux captivants qui pouvaient ensorceler n'importe qui. C'est aussi le jour où j'ai regretté d'être assis à l'arrière avec mon ami qui ne faisait rien d'autre que se moquer de moi. Pendant tout le cours, je l'observais, essayant d'entendre sa voix douce, mais en vain. J'étais trop loin, il fallait que je me rapproche, il fallait que je lui parle, que j'essaie de la mettre en confiance, de faire connaissance. Après tout, je n'avais rien à perdre. Le problème, c'est que j'étais très timide. Impossible d'aller lui parler, impossible de parler en sa présence.

— Hey mec, tu devrais lui parler non ? me dit mon ami.

— Mais pourquoi tu te mêles de ça avec tes conseils à la con ? Dis-moi combien de filles tu as déjà draguées ?

— Euh… Autant que toi, mon vieux.

— Tu n'as pas tort… Mais je n'y arrive pas. Chaque fois que j'essaie, mon corps se bloque, je deviens stupide et j'ai du mal à aligner deux mots sans bégayer.

— Si tu n'arrives pas à lui parler en face, pourquoi t'essaies pas de lui envoyer des messages sur les réseaux sociaux ou même d'obtenir son numéro ?

Ce n'était pas une mauvaise idée, mais comment pourrais-je obtenir son numéro ou même savoir si elle avait un compte sur les réseaux sociaux ? Il fallait que je me rapproche d'elle, ou du moins des personnes avec qui elle parlait… Mais elle était seule et isolée dans son coin. La sœur de mon ami a essayé de lui parler pour en savoir plus sur elle, mais elle ne parlait pas du tout. Elle était toujours en train de dessiner et, à chaque fois que nous nous approchions d'elle, elle fermait son carnet et fixait le sol. Nous avons pensé que c'était juste de la timidité, mais au bout de quelques mois, nous avons commencé à nous inquiéter. Pendant une semaine, elle s'est absentée, puis elle est revenue la semaine suivante avec des griffures sur les bras, un coquard et une mèche de cheveux en moins. Nous avons alors alerté les professeurs, mais ils ne pouvaient rien faire tant que la « victime » ne se plaignait pas. C'était tellement absurde. Alors, j'ai rassemblé mon courage et j'ai décidé d'aller lui parler. Je ne pouvais pas laisser une fille aussi belle et innocente sans aide, sans moyen de se défendre. Chaque fois que j'essayais de lui parler pendant les pauses, elle était introuvable, et mon ami me suivait comme un chien, alors je n'ai pas cherché plus loin. Je le regrette encore.

Les vacances arrivaient et tout le monde était excité à l'idée de la super fête de fin d'année que nous organisions chez mon ami Marc. Ses parents étaient des avocats riches qui avaient réussi dans la vie, sauf avec leur fils. Ils étaient en déplacement au début des vacances, ce qui nous laissait carte blanche pour organiser la plus belle et la plus grande fête de la ville. C'était un samedi, le premier week-end des vacances, donc tout le monde était encore présent. Personne n'était encore parti avec sa famille. Je n'avais presque pas fermé l'œil de la nuit tellement j'étais impatient d'organiser la soirée chez Marc. Je me suis levé, ai pris une douche rapide, préparé mes affaires dans un grand sac de sport, puis je suis descendu les escaliers pour dire bonjour et au revoir à mes parents. Ils ont à peine eu le temps de me parler que j'étais déjà sur mon vélo, en route vers le manoir de Marc. Quelques minutes plus tard, j'ai jeté un coup d'œil aux messages sur mon téléphone pour voir si personne n'avait changé d'avis. Tout le monde était toujours très enthousiaste pour ce soir. J'ai sonné à l'interphone et Marc a ouvert la grille de son garage pour que je puisse y ranger mon vélo. Je suis entré chez lui et j'ai été accueilli par ses deux chiens qui ont sali mes chaussures en sautant sur moi. Après quelques caresses rapides, ils sont retournés dans l'immense jardin pour jouer avec leur balle que je leur avais offerte l'année précédente. Marc était assis sur son grand canapé devant la télévision, en train de regarder la fin d'un épisode de série. Je me suis installé à côté de lui et j'ai profité de quelques minutes pour jouer à des jeux sur mon téléphone, regarder les actualités et surfer sur les réseaux sociaux. En faisant défiler les pages, je suis tombé par hasard sur le profil de la nouvelle élève qui venait d'arriver. Mon cœur battait à mille à l'heure, c'était un signe du destin. J'ai cliqué sur sa photo et je l'ai vue en gros plan sur mon écran, elle était intrigante. Elle avait un regard vide, fixant droit devant elle. J'avais l'impression d'être observé, envoûté par sa photo, jusqu'à ce que je la voie cligner des yeux et esquisser un sourire.

— Eh mec ! Faut qu'on se bouge, la fête ne va pas se préparer toute seule. J'ai quelques courses à faire, s'écria Marc, me sortant de ma transe.

J'étais encore sous le choc de ce que j'avais vu lorsque Marc m'a pris par le bras pour me tirer du canapé. Il a enfilé une paire de chaussures et mon téléphone s'est mis à vibrer. C'était un numéro inconnu.

— Allô ? ai-je répondu.

Quelques secondes se sont écoulées, puis j'ai entendu le cri strident d'une femme qui m'a transpercé les tympans, suivi d'un long silence. Marc était déjà dans le garage, m'attendant dans sa voiture. Je devais probablement manquer de sommeil. Je n'avais pas dormi la veille et mon corps commençait à se fatiguer. Je me suis dirigé vers la cuisine, j'ai ouvert le robinet pour me passer de l'eau sur le visage et me rafraîchir avant de continuer la journée, sinon j'allais m'effondrer au milieu des rayons du supermarché.

Dans la voiture, la musique était à fond. Nous célébrions les vacances, et ce soir-là encore plus, car nous avions préparé cet événement depuis des mois pour que le plus grand nombre de personnes soient présentes et que la fête soit mémorable. Nous n'avions pas un gros budget, mais nous avions suffisamment d'argent pour acheter des chips, de l'alcool, des sodas et quelques cochonneries supplémentaires, les invités ramèneront certainement le reste. Une fois arrivés devant le magasin, nous avons compté l'argent que nous avions sur nous. Le supermarché était bondé, certains préparaient leurs vacances d'été et d'autres achetaient déjà les fournitures scolaires pour l'année suivante. Mon ami s'est arrêté au rayon des chips et nous avons rempli notre chariot de tout ce que nous pouvions. Puis nous avons fait de même au rayon de l'alcool. J'imaginais déjà la soirée sous toutes ses facettes possibles. J'avais hâte que tout le monde arrive. Je me suis dirigé vers la voiture pendant que mon ami était en train de payer. J'étais sur le parking, zigzaguant entre les voitures pour retrouver la nôtre, quand je l'ai aperçue au loin. Étrangement, la voiture a bougé comme si quelqu'un venait de la heurter avec la sienne, mais il n'y avait personne, j'étais seul sur le parking. Pas un bruit, pas un oiseau dans le ciel, juste moi et mon chariot devant la voiture. J'ai sorti les clés de ma poche, levé les yeux et j'ai vu une femme ensanglantée, le teint pâle, les yeux noirs et une cicatrice imposante sur l'un d'eux, assise dans la voiture. Elle tenait dans sa main la tête de la mère de Marc. Elle est descendue de la voiture, ses os craquaient à chaque mouvement, et elle s'est positionnée en face de moi dans l'allée. Je ne pouvais pas bouger, j'étais tétanisé. Quelque chose m'empêchait de fuir et m'obligeait à la regarder s'approcher lentement de moi. Elle s'est figée un instant, me laissant voir ses pieds nus, sa longue robe blanche tachée de sang et ses dents noircies. Puis elle a crié et s'est mise à courir dans ma direction. Il fallait que je m'enfuie, que je cherche de l'aide, mais mon corps était toujours paralysé. Encore quelques secondes et elle serait à mon niveau. Je n'avais pas le choix. Je ne voulais pas la voir arriver. J'ai fermé les yeux, prêt à mourir. Puis le son du klaxon d'une voiture me fit sursauter. En rouvrant les yeux, j'ai vu une voiture devant moi, dont je bloquais le passage, et le conducteur commençait à s'impatienter. Ce n'était pas dû à la fatigue. Je sais ce que j'ai vu, et je n'ai pas rêvé. Cette chose était là devant moi il y a trente secondes.

— On en a eu pour 50 balles juste pour deux ou trois paquets de chips, tu y crois ? me dit Marc en me rejoignant dans la voiture.

Nous sommes repartis en direction de chez lui, et une fois les courses rangées, je me suis allongé sur son canapé et je me suis endormi. C'était nécessaire après tout. Après quelques heures, je me suis réveillé, les cheveux en bataille et avec une migraine comme je n'en avais jamais eu auparavant. Il faisait déjà nuit dehors et j'étais tout seul dans le noir, au beau milieu du grand salon. Les invités ne devraient pas tarder. Je me suis levé, je me suis étiré un peu et j'ai pris mon téléphone qui était sur la table basse devant moi pour vérifier l'heure, mais il n'avait plus de batterie. Je me suis dirigé vers l'escalier et j'ai appelé Marc, mais il n'y a eu aucune réponse. Il devait être en train d'écouter de la musique en se préparant et il a dû oublier de me réveiller pour que je me prépare. J'ai appuyé sur l'interrupteur de la pièce principale, mais rien ne s'est passé. Le salon est resté plongé dans le noir le plus intense. J'ai essayé d'autres interrupteurs, mais toujours rien. La maison était dans l'obscurité la plus totale, et je n'avais aucun autre moyen de m'éclairer. Le stress commença à monter, la peur s'empara de moi. Je commençais à paniquer alors j'ai décidé de monter à l'étage pour trouver Marc. Sa maison était grande et il y avait un nombre incalculable de pièces. Je suis arrivé sur le palier du premier étage et j'ai également essayé chaque interrupteur que je voyais, mais rien ne fonctionnait dans cette partie du manoir. J'ai ouvert une porte et je me suis retrouvé dans sa chambre. Le lit était défait, les livres qu'il avait l'habitude de lire étaient toujours sur sa table de chevet, et son téléphone était sur son bureau en face de son lit. Marc ne pouvait pas s'en passer. Je me suis précipité hors de la pièce et j'ai ouvert une autre porte, celle de la chambre de ses parents. Elle aussi était plongée dans l'obscurité et il y faisait très froid, comme dans toute la maison. Il fallait que je trouve de l'aide et que je quitte cet endroit à tout prix. Puis la porte s'est refermée derrière moi. Pris de peur, j'ai couru vers cette porte et j'ai essayé de l'ouvrir. Je me suis retrouvé coincé ici, sans issue, avec pour seule source de lumière la clarté de la lune.

Au fond de la chambre, j'ai vu la porte de l'armoire s'ouvrir et une silhouette en est sortie. Elle a traversé la chambre, passant devant la fenêtre, et j'ai vu la même créature qu'au parking. Elle marchait lentement vers moi, faisant craquer le sol à chaque pas. Je continuais de la regarder avancer tout en essayant désespérément d'enfoncer la porte de toutes mes forces, mais elle ne bougeait pas. Les lumières ont commencé à clignoter, et à chaque clignotement, elle se rapprochait un peu plus de moi. Puis, arrivée devant moi, la porte s'est ouverte. J'ai fui en direction de l'escalier, que j'ai descendu aussi vite que possible. Derrière moi, j'entendais ses pas qui résonnaient à travers toute la maison. Vite, il fallait que je parte d'ici. La baie vitrée s'illumina et les cadavres de toutes les personnes invitées à la fête, pendus comme des pantins se dévoilèrent. Leurs corps pendaient à chaque branche d'un arbre. J'ai couru vers la porte d'entrée, mais elle ne s'est pas ouverte. Je me suis précipité dans toutes les directions à la recherche d'une issue, tandis qu'elle commençait à descendre les escaliers lentement, faisant claquer un objet métallique contre la rampe. Je n'avais plus le choix. Je devais me cacher et attendre que quelqu'un vienne à mon secours. Alors je me suis précipité vers le cagibi, j'ai fermé la porte au moment où j'entendais les pas lourds se rapprocher de plus en plus vite, puis plus rien. Après quelques minutes qui semblaient une éternité, mon téléphone a sonné, affichant le visage de Margot en gros plan. Soulagé de voir un visage familier, j'ai décidé de répondre et de lui demander de venir à mon secours. En décrochant, j'ai senti un souffle dans ma nuque.

— Derrière toi.

2

Il est 8 heures du matin, mon téléphone vibre. Encore une fois, je vais être en retard au travail. Il faut que je me dépêche, sinon je risque de me faire renvoyer, et je n'ai vraiment pas besoin de ça avec toutes les dépenses que j'ai à assumer : le loyer, l'électricité, les courses, les soins pour mon vieux chien, et j'en passe. Je saisis les premiers vêtements qui me tombent sous la main et les enfile sans même vérifier s'ils sont propres, me brosse rapidement les dents, caresse mon chien, prends mes affaires et pars. À peine la porte refermée, l'air glacial d'hiver me fouette le visage. La ville est déjà éveillée depuis un moment et j'ai l'impression d'être la dernière debout. Tout en accélérant le pas, je prends comme à mon habitude un instant pour contempler les magnifiques gratte-ciel qui m'entourent. Depuis la fenêtre de mon appartement, la vue est bien différente, juste un parking désert avec quelques personnes en difficulté le soir, rien qui fait rêver. Non, le matin, les gens ne sont pas les mêmes. C'est le seul moment où, en tant que femme, je peux me sentir bien, car il y a du monde, je ne risque pas d'être insultée ou suivie par quelqu'un. Tout le monde vient de se réveiller et nous nous rendons tous au même endroit, notre gagne-pain, comme dirait mon père. Enfin, je l'aperçois, ma voiture, garée sur la place qui m'est réservée non loin de chez moi, mais suffisamment éloignée pour que je puisse me faire agresser le soir en rentrant. Oui, je sais, je suis du genre à tout exagérer, mais lorsque vous êtes une femme dans une ville que vous connaissez à peine, le moindre mètre carré peut s'avérer intimidant. Je sors les clés de mon sac à main et la déverrouille à distance, monte à l'intérieur et dépose mon sac sur le siège passager. Je verrouille mes portières et fais démarrer ma voiture, mais rien ne se passe, le moteur refuse de démarrer. Ma voiture vient de me lâcher.

— Putain de merde, cette voiture de m… Bordel ! hurlais-je en frappant le volant.

Je dois être au boulot dans 20 minutes. Je m'imagine déjà dans le bureau de mon supérieur, écoutant sa morale teintée de misogynie juste avant d'être licenciée. Puis, en levant la tête, j'aperçois au loin un arrêt de bus. Mon dernier espoir. Je n'ai pas le choix, je déteste ça, mais je dois prendre les transports en commun pour arriver à l'heure. En sortant de ma voiture, je remarque un groupe de jeunes, certains ont des écouteurs sur les oreilles, d'autres discutent entre eux. Ils portent tous des sacs à dos et attendent avec impatience l'arrivée du bus pour pouvoir se mettre au chaud à l'intérieur. En m'approchant, je remarque également une vieille dame de petite taille derrière ce groupe de jeunes étudiants. Elle porte un magnifique manteau noir assorti d'un bonnet de la même couleur. Elle tient devant elle un chariot de courses certainement vide. Il est encore tôt, et le marché sur la place ne doit pas encore être installé. Je me faufile parmi ce groupe et j'attends, comme tout le monde, l'arrivée du bus, en espérant qu'il ne soit pas bloqué dans les embouteillages. Je sors mon téléphone de la poche de mon pantalon, vérifie sur internet l'arrêt auquel je dois descendre.

Il ne me reste plus que 10 minutes avant d'être officiellement en retard. Après quelques minutes d'attente, j'aperçois enfin les gros phares du bus qui m'éblouissent. Je me dépêche de fouiller dans mon sac à main à la recherche de monnaie, mais je comprends que je n'ai probablement pas assez d'argent sur moi. Le bus s'arrête à mon niveau. Je n'ai pas le choix, je fraude. Comme la plupart des gens, je salue le chauffeur qui me répond d'un sourire, puis remarque avec étonnement que le bus est pratiquement vide. Il n'y a qu'une personne assise au fond, un homme avec une capuche et des lunettes de soleil, très énigmatique. Nos regards se croisent, je lui adresse un signe de tête, mais il ne répond pas. Peut-être est-il aveugle ou malvoyant. Je m'installe deux rangées devant lui et me concentre à nouveau sur mon téléphone pour mémoriser le chemin que je dois prendre. Je dois descendre dans trois arrêts, puis longer une rue avant de tourner à gauche juste devant l'épicerie où je vais chercher mon déjeuner, et ensuite j'arriverai à destination. Je ferme mon téléphone, le range dans ma poche et me répète mentalement que je peux encore arriver à l'heure et éviter les remarques déplacées de mon patron. Nous avons de la chance, aujourd'hui c'est mercredi et il y a moins de monde sur les routes. Le bus parvient à rouler facilement entre les rues étroites de la ville. Les deux arrêts sont passés, je me lève, prête à appuyer sur le bouton pour indiquer au chauffeur de s'arrêter au prochain arrêt lorsque je remarque que quelqu'un l'a déjà fait avant moi. Je me retourne et vois l'homme à la capuche debout dans l'allée du bus, prêt à descendre. Je me positionne derrière lui et le bouscule légèrement en sortant.

— Pardon, excusez-moi ! lui criai-je tout en me dirigeant rapidement vers la direction que je dois prendre.

Mes mollets commencent à brûler, c'est loin l'époque où je faisais encore du sport. Après plusieurs minutes de marche rapide, en zigzaguant entre les passants, je me retrouve devant la porte d'entrée de mon lieu de travail. J'entre précipitamment, ouvre la porte et me retrouve nez à nez avec mon patron, une tasse de café à la main. Il me regarde de haut en bas, soupire, puis retourne dans son bureau en refermant la porte derrière lui. J'ai réussi.

La journée se déroule comme toutes les autres. Je suis assise sur ma chaise, les yeux rivés sur mon écran, en train de remplir des fichiers Excel, de rédiger des rapports, de répondre à des e-mails et de faire des recherches sur Internet sur différents sujets. Vers 15 heures, l'un de mes collègues entre dans mon bureau avec un bouquet de fleurs à la main, me les donne et repart sans dire un mot. Ce sont mes fleurs préférées, des roses rouges, au nombre de 35, comme mon âge. Elles ne sont pas seules, une enveloppe est dissimulée au milieu. Je l'ouvre et découvre une lettre portant l'inscription : « Tu es belle quand tu travailles ». Sentant un regard sur moi, je me retourne et aperçois l'homme à la capuche qui m'observe depuis le trottoir d'en face. Il me fait signe de la main avec un grand sourire avant de disparaître. La peur s'empare de mon corps, je tremble, puis je saisis mon téléphone pour envoyer un message à l'un de mes amis. Je lui explique la situation et lui demande s'il peut venir me chercher ce soir au travail pour me raccompagner chez moi. Quelques secondes après avoir envoyé le message, je reçois sa réponse et la pression retombe légèrement, il pourra se libérer à temps. Je suis toujours terrifiée, mais je me sens en sécurité à l'intérieur de mon bureau. Pour éviter toute mauvaise surprise, je ferme les volets des fenêtres. Je dois me concentrer sur mon travail et oublier ce qui vient de se passer. Je rallume mon ordinateur, commence à rédiger quelques rapports, à répondre aux clients et à terminer les tâches que j'avais laissées en suspens la veille. Puis, mon attention est attirée par une petite lumière dans le coin gauche de mon bureau. Mon téléphone vient de recevoir une notification. C'est étonnant, car normalement, je n'ai pas de connexion Internet dans le bâtiment. Mon patron a installé des brouilleurs à certains endroits stratégiques pour éviter les distractions fréquentes. Je regarde l'écran de mon téléphone et constate que c'est une notification de Facebook provenant d'une personne inconnue. Je pense d'abord à une arnaque, je refuse donc l'invitation et décide de bloquer l'utilisateur, en vain. Mon téléphone se met à vibrer entre mes mains et une bulle de discussion s'ouvre au milieu de mon écran, affichant un message qui me glace le sang : « Pourquoi refuses-tu mon invitation ? Tu ne veux pas être mon amie ? Les amis ne se bloquent pas. Comment pourrions-nous discuter ? » J'étais terrifiée, épouvantée. Un déséquilibré voulait devenir mon ami et discuter avec moi. Je suis persuadée que c'est la même personne qui m'a offert le bouquet et qui m'observait à la fenêtre. Il se fait tard, ma journée de travail touche à sa fin et je vais enfin pouvoir rentrer chez moi, me réfugier dans mon appartement à l'abri des regards. J'éteins mon ordinateur, sors de mon bureau en disant « au revoir » à mes collègues que je croise. Dans le gel hivernal, j'attends avec impatience l'arrivée de mon ami. Je m'installe devant le hall d'entrée du bâtiment, m'assois sur un muret et attends. Il fait très froid, l'hiver s'annonce glacial, le verglas et la neige commencent à faire leur apparition. Mon téléphone sonne.

— Allô ?

— Salut, Isabelle, comment ça va ? Je t'appelle pour te dire que finalement, je ne pourrai pas venir. Je suis actuellement bloqué dans les embouteillages à cause d'un accident sur la route.

— Quoi ? Et mince…

— Je dois te laisser, il y a des policiers partout et je n'ai pas envie de me faire arrêter. Je n'ai plus beaucoup de points sur mon permis. Fais attention à toi, ce doit être une mauvaise blague.

Puis plus rien, il a raccroché. Mon visage se décompose, je n'ai plus le choix, je dois rentrer seule, dans le froid, dans le noir, sans défense. Je regarde l'heure, il ne me reste que 10 minutes avant le prochain bus. Je ferme mon sac à main et me mets à courir en direction de l'arrêt de bus que j'ai pris ce matin. La rue est déserte, mes talons résonnent entre les murs des immeubles lorsque soudain, ils se mêlent à d'autres pas rapides. Quelqu'un me poursuit. Les bruits se font de plus en plus proches. La personne est maintenant à quelques mètres derrière moi. Je ne dois pas me retourner et continuer à courir. Le bus est déjà là, attendant les retardataires. En plein sprint, je sens une main toucher mon bras, et à cet instant, je me sens déjà morte, alors je pousse un cri d'alarme juste avant de sauter dans le bus. À l'intérieur, tout le monde me regarde avec une certaine gêne. Les portes se referment derrière moi et le bus démarre. Je m'installe dans un coin, seule, et regarde par la fenêtre pour identifier celui qui me poursuivait, mais il n'y a absolument personne. Je dois rêver, je suis devenue folle. Je commence à tâter toutes mes poches pour vérifier si je n'ai rien perdu pendant ma course. Ma main passe sur mon téléphone, qui se met à vibrer. Un message, mais cette fois-ci, il ne vient pas des réseaux sociaux. C'est un SMS d'un numéro privé : « Tu cours vite ».

Face à ce message, je l'ignore, je ne veux plus rien voir. Je veux rentrer chez moi et appeler la police. Le bus s'arrête. Il me reste seulement à remonter l'avenue principale et je serai en sécurité. Les lumières clignotent, puis soudain, la ville est plongée dans l'obscurité et le bus s'éloigne. J'avais oublié qu'à partir d'une certaine heure, les lumières sont éteintes pour économiser l'énergie, comme cela est souvent mentionné. Je remonte l'avenue en utilisant la lampe torche de mon téléphone pour y voir clair. J'arrive enfin devant la porte d'entrée de mon immeuble. Je sors mon badge et ouvre la porte. Je la referme précipitamment et cours jusqu'à l'ascenseur. J'entre, appuie sur le bouton pour le 6e étage. Les portes se ferment et l'angoisse me gagne. J'ai les larmes aux yeux. J'étais tellement soulagée. La pression retombe. Une fois chez moi, je ferme ma porte à double tour, descends les volets et allume les radiateurs pour réchauffer la pièce principale. Pendant ce temps, je me rends dans la salle de bains, me déshabille et prends une bonne douche chaude. La pièce est remplie de vapeur, je n'y vois plus rien, mais il fait chaud et je me sens en sécurité. Je sors de la douche, me dirige vers ma chambre pour enfiler un gros pull et des chaussettes chaudes. Je me tiens devant les deux grandes portes vitrées de mon armoire, les ouvre et choisis mes vêtements. Je referme les portes, puis en relevant la tête, j'aperçois un mouvement dans le miroir. Je reste figée, fixant attentivement le miroir, et j'aperçois un homme dans l'ombre de la pièce derrière moi. Sans avoir le temps de réagir, les lumières s'éteignent également dans mon immeuble.

3

La semaine avait été longue et fatigante au lycée. C'était ma dernière année avant de passer toutes les épreuves du bac, donc les professeurs nous donnaient constamment des devoirs à faire le week-end pour nous préparer. Ils disaient que c'était pour ne pas perdre le rythme, qu'on pourrait profiter de vraies vacances pour décompresser après les épreuves. Mes parents étaient d'accord avec cette méthode et souhaitaient que je réussisse aussi bien que mon frère. Mais il y avait une grande différence entre lui et moi : il n'était pas né à l'ère numérique. C'était vendredi soir, le seul moment de la semaine où mes parents me permettaient de profiter de mes consoles, mais sans en abuser, bien sûr. Ils ne me laisseraient jamais jouer toute une soirée avec mes amis, car je devais être en forme le samedi pour faire mes devoirs. Cependant, cette nuit-là, j'étais trop épuisé pour faire quoi que ce soit, alors je me suis effondré dans mon lit.

À peine le jour levé, mon père tambourinait à ma porte pour que je me lève et prenne le petit-déjeuner. J'étais impatient de passer ce bac, je n'en pouvais plus de cette pression constante.

— Antoine ! Il est 8 heures ! Allez, lève-toi, nous t'attendons en bas, dit-il.

J'ouvris les yeux et avec beaucoup de difficulté, je saisis mon téléphone posé sur ma table de nuit. Le visage collé à l'oreiller, je le tirai vers moi, l'allumai et regardai l'heure.

— Putain, je n'y crois pas, il est 8 heures, soupirai-je.

Après avoir rapidement parcouru les réseaux sociaux et vérifié les notifications que j'avais reçues pendant la nuit, je me levai, enfilai un maillot qui traînait par terre, pris mes claquettes et décidai enfin de descendre les rejoindre avant de me faire réprimander. En ouvrant la porte de ma chambre, une délicieuse odeur de pâtisserie emplissait la maison. Les yeux à moitié fermés, je faillis trébucher dans les escaliers, ce qui me réveilla en sursaut. Ma famille était réunie autour de la table de cuisine, m'attendant. Ma mère adorait préparer le petit-déjeuner et elle veillait à ce qu'il soit copieux pour que nous tenions toute la matinée. Ce matin-là, elle n'était pas allée à la boulangerie comme d'habitude, elle avait tenté de tout faire elle-même, et c'était plutôt réussi. Nous avons tout dévoré en quelques secondes, il ne restait plus rien sur la table. Mon père se leva pour débarrasser son assiette avant de partir au travail. Il enfila une veste et ma mère l'accompagna jusqu'à sa voiture. Pendant ce temps, mon frère et moi finissions de remplir le lave-vaisselle et de ramasser les miettes de pain par terre. La porte claqua et à peine entrée, ma mère se précipita vers moi pour me dire d'aller me laver avant de commencer mes devoirs. Retour à la réalité.

Cela faisait presque une heure que j'étais bloqué sur ce devoir de maths que je devais rendre. J'aurais bien aimé avoir de l'aide, mais mon frère n'était pas là. Évidemment, étant donné qu'il n'était plus lycéen, il pouvait faire ce qu'il voulait et je doute qu'il veuille passer son samedi après-midi à résoudre des problèmes de maths avec moi. Quant à ma mère, elle avait commencé à faire le ménage de la maison, et même si je lui avais demandé de l'aide elle n'aurait pas pu m'aider. Les minutes ne passaient pas, le temps s'écoulait lentement, j'ai vérifié mon téléphone trois fois en une minute. J'avais trop travaillé aujourd'hui et mon cerveau ne pouvait plus se concentrer. Je n'arriverai pas à terminer ce devoir à temps et si je ne le finis pas avant que mon père ne rentre, je suis foutu. Soudain, mon téléphone se mit à vibrer, je le regarde et vis une notification YouTube s'afficher sur mon écran. C'était une nouvelle vidéo de quelques minutes de mon vidéaste préféré. Après tout, je n'avais plus rien à perdre et puisque mon téléphone allait, de toute façon, m'être confisqué ce soir, autant en profiter un maximum. Je m'installai sur mon lit et lançai la vidéo « On visite un lieu abandonné » avec mes écouteurs. En gros, le gars que je regardais partait à la découverte de lieux abandonnés avec son équipe de tournage pour en faire des sortes de documentaires un peu effrayants. J'étais à la fois effrayé et curieux. J'aimerais tellement faire ce genre de choses moi aussi, vivre des expériences qui me passionnent. Au lieu de ça, j'étais coincé dans ma chambre à faire des devoirs de maths qui ne me serviraient à rien dans la vie.

J'avais besoin d'aventure et de nouvelles découvertes. La vidéo n'était même pas terminée que je recherchais sur internet les endroits abandonnés dans les environs qui pourraient faire peur. Je ne mis pas longtemps à trouver une perle rare : le musée du Cirque de la ville, laissé à l'abandon à la suite d'un incendie majeur. L'enquête n'avait rien donné, un court-circuit ou une défaillance électrique. Le maire avait décidé de ne pas le rénover et d'en créer un autre loin de là. D'après ce que j'avais lu, il n'y avait aucune sécurité, donc je ne devrais normalement pas avoir de problème avec la police si j'y allais. Cependant, je ne pouvais pas y aller seul, c'était trop risqué, on ne sait jamais sur quoi on peut tomber. Je quitte la page internet et cherche parmi mes contacts mon meilleur ami. Je l'appelle, lui explique la situation et lui propose de venir avec moi ce soir, tard dans la nuit, après que mes parents sont endormis. Personne ne me verrait partir et nous serions rentrés avant qu'ils ne se réveillent. La porte d'entrée claqua, me faisant sursauter. Mon père venait de rentrer du travail. J'étais tellement absorbé par cette vidéo que je n'avais pas vu le temps passé. Je n'avais pas avancé dans mon devoir, je pouvais dire adieu à mon téléphone pour ce soir. J'entendis mon père parler à ma mère, ils devaient sûrement discuter de leur journée. Quelques secondes passèrent et j'entendis les marches de l'escalier craquer sous les pas lourds de mon père. Je n'avais plus le choix, je pris mon portable et envoyai un message à mon ami juste avant de me le faire confisquer : « Rendez-vous à 1 heure devant chez moi ce soir ». La porte de ma chambre s'ouvrit et mon père entra sans me dire un mot. Il s'approcha de moi, regarda par-dessus mon épaule, prit ma feuille, la déchira et prit mon téléphone.

— Tant que tu n'auras pas atteint ta majorité et que tu seras sous mon toit, tu feras ce que je te dis. Aujourd'hui, avant de partir au travail, je t'avais ordonné de finir ton devoir avant mon retour. Je vois que tu n'as pas été productif, donc tu te passeras de téléphone jusqu'à lundi, dit-il.

Je n'eus même pas le temps de lui répondre qu'il était déjà reparti. Je me retrouvai seul, sans téléphone, face à mon devoir. Il était seulement 18 heures et je devais attendre jusqu'à une heure du matin pour faire ce que je rêvais de faire depuis longtemps. Je me résignai donc à essayer de résoudre mes mathématiques pour passer le temps. Je regardai l'horloge au-dessus de mon lit, les aiguilles semblaient bouger dans le vide, l'attente était interminable.

Je fermai la lampe de mon bureau et me couchai. Je devais être en forme pour ce soir. Un bruit sourd et lointain me tira de mon sommeil, un claquement léger. J'avais dû dormir un moment, ma chambre était plongée dans l'obscurité. Je me levai, regarda l'horloge sur le mur en face de moi. Minuit. Je devais me préparer, dans une heure je devais être sorti de ma chambre. Essayant d'être aussi discret que possible pour ne réveiller personne, je pris mon sac à dos que j'utilisais pour aller en cours, le vida et commença à le remplir avec tout ce qui pourrait me servir : une lampe torche, de la nourriture et de l'eau. Je n'avais aucune expérience dans ce domaine, c'était ma première excursion clandestine. Si mes parents l'apprenaient, j'étais mort et ils ne me feraient plus jamais confiance de leur vie. J'enfile une veste chaude, un pantalon et mes chaussures de sport. Il était temps de partir. J'ouvris la fenêtre de ma chambre avec précaution et l'enjambai avant de me laisser tomber. L'étage n'était pas très haut, donc j'atterris en douceur sans me blesser ni faire de bruit. De l'autre côté de la rue, j'aperçus une silhouette qui me faisait de grands signes. C'était lui, Steve, et il était à l'heure.

— Alors, prêt pour l'aventure ? me demanda-t-il.

— Je suis plus que prêt. J'ai pris quelques provisions dans mon sac, on ne sait jamais sur quoi on peut tomber. En disant ça, je remarque que lui n'avait pas de sac. Attends, tu te moques de moi là ? Tu n'as rien pris !

— Ça va, mec, ne t'inquiète pas, ça ira. De toute façon, d'après ce que j'ai vu sur internet, il ne reste pas grand-chose de ton musée après l'incendie. J'ai juste pris mon téléphone chargé à fond et ma lampe torche. Un peu comme toi, en fait.

— Ne perdons pas de temps, nous n'avons même pas encore quitté ma rue. Nous avons un bon quart d'heure devant nous avant d'arriver, et nous devons être rentrés avant que mes parents se réveillent. Nous parlerons en chemin, allez, bouge ! lui ordonnai-je.

Ça y est, après de longues et interminables minutes de marche à travers la ville, nous étions enfin arrivés devant le musée. Comme dans la vidéo, la végétation avait repris ses droits, il n'y avait aucun bruit. Je me sentais comme le dernier survivant sur Terre à la recherche de formes de vie restantes. J'étais impressionné par la grandeur de ce bâtiment, il était tout simplement énorme. En nous approchant, nous aperçûmes l'enseigne géante juste au-dessus de l'ancienne entrée. Quelques lettres étaient tombées, mais nous pouvions toujours reconnaître le célèbre nom de cette imposante structure : le musée du Cirque et de l'Illusion. L'intérieur était en ruines, tout était sombre, les flammes avaient tout dévasté sur leur passage. J'étais tellement excité à l'idée de vivre mon propre « urbex » que je m'engouffrai précipitamment dans l'antre de la bête. Une fois à l'intérieur, rien de particulier, des graffitis montraient que nous n'étions pas les premiers à visiter cet endroit.

Des planches tombaient du plafond, les murs étaient complètement détruits, les portes entre chaque salle étaient tombées. Et puis, quelque chose attira notre regard : un clown souriant assis sur un banc. C'était la dernière statue encore en bon état dans ce chaos absolu. Il était propre sur lui, comme si quelqu'un l'avait déplacé et posé ici après l'incendie. Son costume était d'un blanc éclatant, si bien qu'on pouvait le distinguer même sans nos lampes torches. En nous approchant, nous remarquâmes qu'il ne portait pas de chaussures, il était pieds nus, ses pieds blancs étaient parsemés de taches rouges qui semblaient incroyablement réalistes, me donnant la chair de poule.

— Tu ne trouves pas ça bizarre de trouver un clown aussi bien fait et propre ici, après tout ce qui s'est passé ? demandai-je à Steve, un brin inquiet.

— Pas la peine d'avoir peur, nous sommes dans un musée du Cirque, c'est normal d'y trouver des clowns. Peut-être que les flammes n'ont pas réussi à l'atteindre. Des gens ont peut-être décidé de le remettre à neuf en le repeignant, répondit-il d'une voix calme.

Il devait sûrement avoir raison. Après tout, nous n'étions pas les premiers à lui rendre visite. Nous n'avions pas beaucoup de temps et il restait encore beaucoup à explorer ici. J'espérais juste ne pas rencontrer d'autres surprises de ce genre. En nous éloignant, je me retournai et vis le clown me saluer. Effrayé, je fis semblant de ne rien voir et gardai mon sang-froid. J'avais dû rêver, il était tard et je commençais à fatiguer. La nuit devenait de plus en plus froide et nous commencions à tourner en rond ici.

Il n'y avait rien à voir, cet endroit était complètement désert et dangereux. Si nous allions plus loin, nous risquions de nous perdre ou de nous blesser, et nos lampes torches commençaient à manquer de batterie, la lumière faiblissait et nous voyions de moins en moins. Alors que nous tournions dans une salle, nous vîmes un grand chapiteau encore en bon état, qui ressemblait beaucoup à ceux que nous avions l'habitude de voir dans les villages. Les bancs pour le public étaient disposés en cercle, il pouvait accueillir une centaine de personnes, et au centre de ce cercle, quelque chose attira notre curiosité : un pentagramme.

— OK, là ça devient glauque, on doit sortir d'ici au plus vite, dit Steve.

Au même moment, un hurlement de torture résonna dans le musée et nos lampes torches s'éteignirent. Pris par l'adrénaline, nous courûmes l'un derrière l'autre, sautant par-dessus les planches. Puis, Steve disparut soudainement devant mes yeux, le sol s'était ouvert et il était tombé dedans. En m'approchant avec prudence du trou, je vis son corps empalé sur des piques rouillées qui jaillissaient du sol. Ses yeux étaient sortis de leurs orbites et son sang coulait le long des pointes. Ne sachant que faire, je m'enfuis en direction de la sortie éclairée par la lune.

J'y étais presque lorsque soudain, l'ombre d'une silhouette se dessina sur le sol : devant moi, à quelques mètres, le clown blanc était debout, me souriant avec un couteau à la main, et il se mit à courir dans ma direction. Sans réfléchir, je partis dans la direction opposée, sautai par-dessus le piège dans lequel le corps de Steve gisait et me réfugia dans l'ombre en attendant que le soleil se lève. Je n'avais pas d'autre choix que d'attendre, il faisait si sombre que je pourrais à tout moment tomber, moi aussi, dans un piège. Soudain, des lumières s'allumèrent, une musique retentit et une cage tomba du plafond pour me piéger. Autour de moi, des dizaines d'autres clowns se mirent en cercle. Ils commencèrent à prier Satan, puis s'arrêtèrent quelques secondes pour sortir toute une lame aiguisée de leur pantalon. Ils me regardèrent fixement, avec un sourire long et effrayant dessiné sur leur visage. J'étais pris au piège. La cage se leva et ils se jetèrent sur moi pour me dépecer.

4

Nous vivons une période historique depuis quelques jours. Un virus a infecté le monde entier et désormais notre mode de vie ne sera plus le même. Le port du masque, les autorisations de sortie et l'école à distance vont devenir notre quotidien pendant un long moment. Je ne sais pas si je pourrai supporter d'être enfermé chez moi si longtemps et de ne plus voir mes amis. Bien sûr, il est possible de sortir, mais en cas de contrôle, nous risquons une amende. Comme je ne suis pas encore majeur et que je n'ai pas de compte bancaire, ce sont mes parents qui devront la payer. Seules les personnes qui travaillent ont le droit de sortir pour aller travailler. Aujourd'hui, je dois assister à un cours d'anglais en visioconférence, mais je n'en ai pas envie. Mes notes sont bien au-dessus de la moyenne, donc je pourrais m'en passer. Honnêtement, depuis que nous faisons des cours à distance, la moitié des élèves ne sont pas présents et les professeurs ne peuvent rien y faire. Au lieu de faire acte de présence, je préfère regarder un bon film avec de la nourriture. Ce n'est pas très productif, mais à mon âge, dans ces moments-là, ce n'est pas comme si nous pouvions l'être. Le film passe et je m'ennuie de plus en plus à ne rien faire. Je regarde par la fenêtre de ma chambre et j'aperçois un paysage magnifique. Le soleil est à son zénith, dehors, il n'y a aucun bruit, aucune voiture, ni même un piéton. Le temps semble s'être arrêté, comme si nous n'avions jamais existé. Les oiseaux, les chats et tous les autres animaux sauvages sont les seuls privilégiés dans cette situation. Ils peuvent faire absolument tout ce qu'ils veulent sans être mis en danger. Les rôles se sont inversés et franchement, je comprends maintenant pourquoi les chiens deviennent tous fous lorsqu'on leur propose une promenade. Après avoir contemplé ce paysage pendant plusieurs minutes, je descends du rebord de ma fenêtre, enfile mes pantoufles et sors de ma chambre. Chez moi, c'est comme dehors désert. Mes parents sont tous les deux infirmiers et doivent répondre à leurs obligations, donc ils partent avant que je me réveille et reviennent après que je me suis endormi. Ils ne sont jamais là, je ne sais même plus quand remonte notre dernier repas en famille. Je m'allonge sur le canapé, allume la télévision et zappe jusqu'à tomber sur quelque chose d'intéressant. Mais sur chaque chaîne, c'est toujours la même chose : « Combien de temps durera le confinement ? », « Le

Covid-19 est-il naturel ? ». Quand on ne parle pas de ça, on nous annonce des nouvelles alarmantes, comme si nous n'étions pas déjà assez inquiets : « Une femme est retrouvée morte chez elle, violée et poignardée, aucun témoin » ; « Procès de l'adolescent qui a tué une soixantaine de personnes lors d'une soirée ».

Sans parler de cet appel à témoins sur deux jeunes disparus qui est absolument partout depuis le début du mois. Malgré tout cela, je n'en peux plus, je veux sortir, faire la fête, voir des amis, de la famille, n'importe qui en fait. Je ne vais pas attendre des années comme ils le prédisent avant de le faire. En attendant de pouvoir sortir dans la vraie vie, je me dis qu'en lisant quelque chose, je pourrais peut-être m'évader de cette prison. Je prends la télécommande, éteins l'écran du salon et me dirige vers notre bibliothèque familiale. La plupart des livres qui s'y trouvent sont des héritages ou des donations. Nous n'en avons même pas acheté la moitié, je suis sûre. Mes parents sont de grands lecteurs et lisent absolument tout ce qui existe sur Terre, des romans aux nouvelles en passant par les bandes dessinées. En ouvrant la porte, je suis toujours stupéfait par la grandeur des meubles et amoureux de l'odeur des livres anciens.

Depuis que je suis en âge de lire, mes parents m'ont confectionné une armoire spécialement pour moi avec uniquement des livres que j'adore. Essentiellement des romans d'amour, mais aussi quelques mangas et comics.

Avec mon humeur actuelle, je choisis un manga qui me permettra de m'évader. Je prends le dernier numéro que nous avons tout en saisissant l'un des fauteuils de la pièce que je pose devant la grande fenêtre. M'installe dedans et profite quelques instants encore du magnifique ciel bleu jusqu'à ce que mon champ visuel soit perturbé par une tache sombre dans la rue. Je m'approche et vois une femme avec une poussette qui presse le pas. Elle marche en direction de la crèche en face de chez moi, mais à sa grande déception, celle-ci est fermée en raison de la pandémie mondiale. En la voyant paniquer, une idée me vint en tête : et si je faisais du baby-sitting pendant mes temps libres ?

Les enfants ne sont pas ce que j'aime le plus, mais grâce à cela, j'aurai l'occasion de sortir de ma prison ! Avec un grand sourire et une joie incommensurable, je prends mon téléphone portable et publie une annonce sur tous les sites possibles. À peine une heure après la mise en ligne de ma publication, mon téléphone sonne. Une mère de famille vient de m'envoyer un message pour savoir si je suis disponible dès ce soir. Avant de lui répondre, je prends le temps de regarder son profil et je remarque qu'elle habite à cinq kilomètres de chez moi. Je pense qu'en prenant les transports en commun comme le métro ou le bus, ça ira parfaitement. Mais après tout ce que l'on entend actuellement aux infos à la télévision, je ne préfère pas prendre de risque. D'autant plus que je partirai de chez moi lorsqu'il commencera à faire nuit et qu'il fera totalement nuit lorsque je repartirai de chez eux. Dehors, il fait beau, la météo est idéale pour sortir avec le vélo que mes parents m'ont offert pour mon anniversaire il y a quelques semaines. Mon choix est fait, je partirai avec mes propres moyens, en plus de ça, je n'aurai pas besoin de demander de l'argent de poche à mes parents pour acheter un ticket de transport. De toute manière, si je leur envoyais un message ce soir, ils ne me répondraient pas vu le nombre énorme de cas de Covid-19.

Je n'ai même pas eu le temps de répondre à son premier message qu'elle m'en renvoie un autre avec l'adresse et l'heure de rendez-vous. Étonnant, une mère de famille qui ne veut pas faire plus connaissance avec sa future baby-sitter. Mais bon, après tout, nous sommes tous dans la même galère, elle doit certainement être sous pression à cause de son travail ou autre pour me faire si vite confiance.

Je me tiens actuellement devant l'imposant portail qui fait barrage entre la rue et l'immense maison derrière. Avant d'entrer, je vérifie si je n'ai rien oublié : téléphone, sac à dos avec de la nourriture, PC portable et mes papiers d'identité, au cas où elle me les demanderait. Tout est là, c'est bon, nous pouvons y aller. Je m'avance et presse le bouton de la sonnette mis en évidence par une grosse caméra juste au-dessus. Une voix féminine me parle et me demande d'attendre. Quelques minutes plus tard, le portail s'ouvre et une femme prend mon bras pour me tirer vers elle.

— Bonjour, je suis la mère du petit Benjamin que vous allez devoir garder jusqu'à certainement minuit. Si vous restez un peu plus longtemps, je vous paierai davantage, évidemment. Je n'ai pas le temps de vous faire le tour de la maison, veuillez m'excuser, je suis déjà en retard pour mon rendez-vous. À plus tard, dit-elle en claquant la porte derrière elle.

Cette femme doit vraiment avoir un travail prenant et une énorme pression pour être dans cet état. Elle avait vraiment l'air épuisée, on aurait même dit qu'elle allait finir par pleurer. Tout en repensant à cette rencontre assez rapide, je me retourne et découvre l'incroyable grandeur de cette demeure. Déjà de l'extérieur, elle paraît immense, mais de l'intérieur, c'est encore plus impressionnant. Cette femme doit adorer l'art, à en juger par toutes les peintures qui ornent chaque mur. En avançant, j'aperçois le salon avec son immense tapis en velours et sa magnifique table basse moderne, entourée d'un canapé d'angle sur mesure tellement il est grand. Devant le canapé se trouve un meuble en bois taillé spécialement pour cette maison et ce décor. En appuyant sur la télécommande qui se trouve sur le canapé, le meuble s'ouvre et une télévision de la taille d'un écran de cinéma en sort. Je n'en crois pas mes yeux. Chez moi, on peut être impressionné par la grandeur des pièces, mais ici, c'est complètement différent, tout semble décuplé. Je fais le tour de la maison : cuisine, salon, véranda, salle à manger, garage avec plusieurs voitures, il y a même un plan de la maison tellement c'est grand.

À l'étage se trouvent deux salles de bains et pas moins de six chambres. Cette maison est située à côté de chez moi et je ne l'avais jamais vue auparavant. Comment ai-je pu passer à côté ? Après avoir fait le tour de la propriété, et surtout après avoir repris mes esprits, je monte les escaliers, qui s'illuminent automatiquement, pour chercher l'enfant que je suis venu garder. Une fois sur le palier, je scrute les noms inscrits sur chaque porte et je vois écrit sur l'une d'elles « chambre de Benjamin ». J'ouvre la porte délicatement et aperçois grâce à la lumière du couloir un bébé de quelques mois seulement en train de dormir. Je pense que cette nuit va être plutôt facile s'il est aussi calme. Je referme la porte délicatement et pars en direction du salon pour brancher mon PC portable sur la télévision. Je pose mes chips dans un bol que j'ai pris dans la cuisine et lance mon film. La belle vie, quoi, rien de plus. Après une heure de film, je commence à me sentir à l'aise dans cette maison terriblement calme. Mais au fond de moi, une petite angoisse s'installe. Il n'y a aucun bruit et selon moi, un bébé de cet âge aurait dû se réveiller au moins une ou deux fois, ne serait-ce que pour un biberon ou un changement de couche. D'ailleurs, je devrais anticiper ces besoins et essayer de trouver où sont rangées les couches et sa nourriture.

À ce moment-là, le téléphone fixe de la maison, placé juste à côté du canapé sur une petite table basse, sonne. Je suis dans ma lancée et je ne suis pas chez moi, donc je ne vois pas pourquoi je décrocherais. J'en avertirai la propriétaire, si c'est vraiment urgent, elle rappellera ou laissera un message. La cuisine est tellement grande, c'est peut-être la troisième ou quatrième fois que j'y entre, mais elle me surprend toujours autant avec son îlot central et ses équipements de cuisine de dernière génération posés dessus. Pendant que je fouille les placards à la recherche de lait en poudre ou autre, un bruit strident retentit dans toute la maison, ce qui me fait sursauter. L'enfant est en train de pleurer, enfin, il est réveillé. Je n'aime pas beaucoup les enfants, mais étrangement, son hurlement me rassure.

En montant les escaliers, je remarque que la lumière du couloir de l'étage brille, alors que je suis certaine de l'avoir éteinte en redescendant tout à l'heure. Je m'approche de la porte de la chambre de Benjamin et celle-ci est entrouverte, comme si quelqu'un était parti précipitamment. Je pousse la porte, j'allume et je prends peur. Le landau a bougé, il est désormais au fond de la pièce. Je suis tétanisée, mais l'enfant à l'intérieur crie à pleins poumons. Il est peut-être en danger ou peut-être a-t-il vu quelque chose qui lui a fait peur ? Je dois m'assurer qu'il va bien. Je m'approche.

— Oh putain, c'est quoi ce délire ? criai-je.

Il n'y a jamais eu d'enfant dans cette maison, juste une poupée ! Je dois partir immédiatement, je dois être chez des fous. En m'enfuyant, la porte se referme violemment, me frappant le visage et me donnant un léger étourdissement. J'essaie tout de même de la rouvrir, mais je n'y parviens pas. De l'autre côté, j'entends des pas et des rires, une personne descend les escaliers. Ses pas sont si lourds que je peux les suivre à travers la maison. Ils se dirigent vers le garage. Le bruit d'une perceuse se fait de plus en plus fort. Une sorte de gaz commence à sortir des aérations de la chambre. Je dois sortir, je prends une chaise et l'envoie de toutes mes forces sur la fenêtre, mais celle-ci ne se brise pas, elle doit être renforcée. Les bruits de pas s'intensifient, j'ai dû les alerter. Je prends une grande inspiration et lance la chaise avec le peu de force qui me reste. Je commence à perdre connaissance. La chaise traverse la fenêtre et s'écrase sur le sol de la terrasse. Sans réfléchir, je cours vers le vide et me jette. Un buisson amortit ma chute et je peux me relever assez facilement. Les lumières du jardin s'allument et je vois quatre pierres tombales avec un nom sur trois d'entre elles : Isabelle, Steve et Antoine. Derrière moi, les portes de la véranda sont fermées. Je suis enfermée à l'extérieur de la maison, sans échappatoire. Les clôtures sont toutes munies de barbelés. Je hurle de toutes mes forces, essayant d'alerter les voisins, mais il est tard, personne ne m'entend. Je sens encore l'odeur du gaz, mes yeux commencent à se fermer, je ne peux pas lutter. Le bruit d'une perceuse et d'une voix grave me tire de mon sommeil. Je ne sais pas combien de temps j'ai dormi, ni même où je suis, avant de comprendre que je suis allongée, pieds et poings liés.

Cette fois, tu ne m'échapperas pas. Tu peux crier de toutes tes forces, tu m'appartiens, mais ne t'inquiète pas, tu n'es pas seule. Trois de mes amis sont à tes côtés. Ils te tiendront compagnie. Sois gentille avec eux, car ce sont tes seuls amis ici, sous terre. Si j'ai besoin de toi, je te sortirai d'ici, en attendant, sois bien sage.

Juste après son discours, j'entends des crépitements, la lumière se fait rare, et des bouts de terre se logent dans ma bouche, m'empêchant de crier comme je le voudrais.

5

Depuis mon plus jeune âge, j'ai toujours été fasciné par les mystères et les récits d'aventures. La nature était pour moi une source infinie de curiosité et d'émerveillement mélangeant fantaisie et angoisse. Pendant plusieurs jours, j'ai cherché un endroit me procurant ce plaisir, passant des heures à explorer les environs, à m'émerveiller devant la beauté des paysages près de chez moi et à me laisser transporter par l'ambiance unique qui régnait dans les bois environnants.

Un soir, l'envie irrésistible de vivre une expérience extraordinaire m'a saisi. J'ai décidé de m'aventurer dans les bois, mais pas n'importe quand. Je voulais découvrir l'essence même de leur mystère en plongeant dans l'obscurité de la nuit. C'était une occasion idéale pour moi de me confronter à mes peurs, de me surpasser et de ressentir l'excitation palpable qui accompagne chaque pas dans l'inconnu. Je me suis préparé minutieusement pour cette aventure nocturne. J'ai vérifié mon équipement : une lampe de poche fiable pour éclairer mon chemin, une boussole précise pour m'orienter et une carte détaillée des environs pour éviter de me perdre. J'ai enfilé des vêtements robustes et j'ai pris une gourde d'eau et quelques collations pour m'assurer de rester éveillé tout au long de mon périple.

Alors que le soleil déclinait tout doucement à l'horizon, je me suis dirigé vers les bois avec une certaine fébrilité. Les rayons du crépuscule perçaient à travers les arbres, projetant des ombres longues et inquiétantes. Le silence enveloppait les lieux, seulement brisé par le doux murmure du vent et le chant lointain des oiseaux nocturnes. À mesure que je m'enfonçais dans les profondeurs de la forêt, j'ai senti une atmosphère changeante s'installer. Les sentiers familiers que j'empruntais habituellement semblaient se transformer, se déformant dans la pénombre, créant un labyrinthe inquiétant. Je scrutais ma carte avec attention, m'assurant de suivre le bon chemin, mais le paysage se révélait de plus en plus étrange, comme si la nature elle-même tentait de me désorienter. La nuit s'installa progressivement, et avec elle, une obscurité profonde et oppressante. Les arbres majestueux semblaient s'élever plus haut dans le ciel, leurs branches se mêlant pour former une canopée sombre qui cachait les étoiles. Une brume mystérieuse commença à se glisser entre les troncs, ajoutant une touche mysticisme à l'atmosphère déjà chargée de mystère. Alors que j'avançais prudemment, la forêt semblait prendre vie autour de moi. Les bruits habituels de la nature se transformaient en murmures inquiétants, comme si les arbres chuchotaient des secrets séculaires. Des craquements résonnaient dans le sous-bois, comme des pas fantomatiques me suivant à chaque mouvement. Une sensation de malaise s'insinuait en moi, mais ma détermination à percer les mystères de cette nuit étrange me poussait à continuer.

Cependant, plus je progressais, plus le sentiment de me perdre s'intensifiait. La forêt semblait jouer avec moi, me conduisant dans des méandres sans fin. Je me sentais tels un pion dans un jeu orchestré par des forces invisibles, une marionnette piégée dans les filets de la nature elle-même. L'angoisse commença à me gagner. Mes pas devenaient hésitants, mes sens en alerte constante. Les ombres mouvantes entre les arbres semblaient se rapprocher, danser avec une énergie inquiétante. Les murmures se faisaient plus insistants, presque menaçants. Je me demandais si je n'avais pas fait une erreur en me lançant dans cette expédition nocturne, si j'étais réellement préparé à affronter les forces qui se tapissaient dans les ténèbres de la forêt perdant peu à peu toute certitude quant à ma situation. Dépourvu de tout repère, confronté à une nuit dont les secrets semblaient inaccessibles, mon aventure avait pris une tournure imprévisible et il ne me restait qu'une chose à faire : continuer à avancer, en espérant trouver un éclat de lumière dans cette obscurité étouffante. J'ai rassemblé tout mon courage et j'ai repris ma marche à travers la forêt, m'efforçant de garder un calme apparent malgré l'angoisse grandissante qui tordait mes entrailles.

Chaque pas que je faisais semblait me conduire plus profondément dans l'inconnu, m'éloignant encore davantage de toute forme de civilisation. Je priais silencieusement pour trouver une clairière, un sentier ou même un simple repère qui pourrait m'indiquer la voie à suivre. Les arbres majestueux semblaient se rapprocher, formant une voûte oppressante au-dessus de ma tête. Leurs branches noueuses semblaient s'entremêler comme les doigts d'une créature maléfique cherchant à m'empêcher de progresser.

La lueur vacillante de ma lampe de poche semblait incapable de dissiper les ténèbres épaisses qui enveloppaient chaque recoin de la forêt. Alors que je m'enfonçais plus loin, une odeur étrange flotta dans l'air. C'était une odeur de terre humide mêlée à une pointe de putréfaction. Mon instinct me disait que quelque chose n'allait pas, que je n'étais plus seul dans ces bois sinistres. Les murmures se faisaient plus présents, plus oppressants. Des chuchotements inintelligibles semblaient résonner tout autour de moi, m'effleurant les oreilles tels des souffles glacés. La nuit noire semblait s'étendre à l'infini. Le temps semblait s'écouler de façon étrange, comme si les aiguilles de ma montre s'étaient arrêtées. Les minutes se mêlaient aux heures, créant un amalgame temporel qui défiait toute logique. Les limites entre le jour et la nuit semblaient s'estomper, laissant place à une réalité brumeuse et distordue.

Mes pensées étaient de plus en plus embrouillées, comme si la forêt elle-même s'insinuait dans mon esprit. Des images fugaces de visages déformés et de silhouettes fantomatiques dansaient devant mes yeux, disparaissant aussi vite qu'elles étaient apparues. La frontière entre la réalité et l'illusion se brouillait, ébranlant ma propre perception de la vérité. Soudain, j'ai vu une lueur faible et tremblotante au loin. C'était un éclat de lumière vacillante, semblable à une flamme solitaire qui lutte pour rester vivante. Un regain d'espoir a surgi en moi. Peut-être que cette lueur était un signe, une porte de sortie de ce cauchemar interminable.

J'ai redoublé d'efforts pour m'en approcher, ignorant les avertissements silencieux de ma conscience. Au fur et à mesure que je m'approchais, la lueur se révélait être un bâtiment fait de pierre perdu au milieu de la forêt. Il était enveloppé d'une aura mystérieuse, presque irréelle. Ses murs délabrés semblaient retenir de sombres secrets et les fenêtres brisées laissaient entrevoir une obscurité profonde à l'intérieur. J'ai hésité un instant, me demandant si je devais franchir le seuil de ce sinistre endroit. Mais l'attraction magnétique qu'il exerçait sur moi était trop forte. Je me suis approché lentement, chaque pas résonnant avec une gravité particulière. La porte grinça sinistrement lorsque je l'ai poussée pour entrer.

Il était aussi sombre à l'intérieur qu'à l'extérieur. La lumière de ma lampe de poche ne parvenait pas à percer l'obscurité épaisse, donnant à la pièce une ambiance oppressante. Des toiles d'araignées pendaient du plafond, semblables à des voiles fantomatiques. J'ai fait quelques pas incertains, sentant le sol craquer sous mes pieds. Soudain, mes yeux se sont posés sur une vieille table en bois recouverte de poussière qui précédait un énorme trou dans un des murs, laissant entrevoir le ballet incertain des arbres. Sur cette table était posé un journal, jauni par le temps.

Mon instinct m'a poussé à le prendre et à l'ouvrir, cherchant peut-être des réponses à mes interrogations. Alors que je lisais le livre, les mots semblaient prendre vie autour de moi. L'atmosphère de la pièce s'épaississait, saturée d'une présence maléfique. La lueur vacillante de ma lampe de poche projetait des ombres dansantes, accentuant le sentiment d'oppression. Soudain, une voix rauque et glaciale résonna entre les murs, récitant les mots du livre avec une intonation démoniaque. La pièce se mit à trembler, les murs grincèrent et les planches du sol craquèrent. Les ténèbres se déchirèrent, laissant entrevoir des figures démoniaques se matérialiser autour de moi. Pris de panique, j'ai tenté de fuir, mais mes jambes refusaient de me porter. Les ombres m'encerclaient, leurs griffes effleuraient ma peau en m'infligeant une douleur indescriptible. Leurs yeux brillants de malices semblaient lire mon âme, me condamnant à une destinée funeste. Une force invisible me souleva du sol, me suspendant dans les airs. J'étais impuissant, à la merci des forces démoniaques qui se délectaient de ma terreur.

Des visions d'horreur défilaient devant mes yeux, me montrant des cauchemars inimaginables et des scènes de souffrance indicible. Le livre maudit a émis une lueur malveillante, irradiant une énergie sombre et destructrice, fusionnant avec mon être, s'enfonçant dans ma peau, et une douleur insoutenable m'a traversé. Je sentais mon essence être corrompue, ma conscience se dissoudre dans l'abîme des ténèbres. Mon esprit se fracturait, les réalités se mélangeaient, formant un tourbillon chaotique de douleur et de désespoir. Les hurlements des démons résonnaient dans mes oreilles me poussant au bord de la folie. Je n'étais plus qu'une marionnette entre leurs mains cruelles. Les visions qui tourbillonnaient devant moi devenaient de plus en plus cauchemardesques. Des créatures déformées et tordues rampaient hors des pages du livre, se rapprochant de moi avec des grincements horribles. Leurs membres difformes et leurs yeux luisants étaient un spectacle d'horreur indicible. La cabane elle-même semblait se transformer, les murs se tordaient et se contorsionnaient, créant une géométrie impossible et dérangeante.

Des couloirs sombres et sans fin s'étendaient devant moi, me piégeant dans un labyrinthe infernal. Je hurlais en suppliant pour que cette terreur prenne fin, mais ma voix se perdait dans l'écho démoniaque de la cabane. Les forces maléfiques se jouaient de moi, se délectant de mon désespoir et de ma détresse. La réalité elle-même semblait s'effondrer, les dimensions se fusionnant et se déchirant dans une cacophonie terrifiante. Puis dans un dernier éclat d'agonie, ma conscience s'est éteinte, engloutie par les forces démoniaques. Mon corps sans vie s'effondra sur le sol de la cabane, abandonné à jamais à l'emprise maléfique de cette forêt maudite.

6

Au cours du temps, l'être humain a dû faire face à de nombreux problèmes et questionnement. Curieux et désireux de répondre à certains de ces mystères, je passai toute ma vie à les étudier. Pendant des heures, je m'efforçai de lire les vieux grimoires et manuscrits que je trouvais à la bibliothèque ou chez mes grands-parents pour en comprendre les significations. Mon esprit assoiffé de savoir m'a conduit sur des chemins obscurs, où la frontière entre la science et l'occulte se brouillait. Au fil de mes études en génétique, j'ai commencé à explorer des théories controversées et à remettre en question les dogmes établis. J'ai découvert des textes interdits, des écrits oubliés depuis des siècles qui prétendaient détenir les clés de la création elle-même. C'est ainsi que j'ai été initié à la notion de manipulation génétique avancée, de modifications de l'ADN au-delà de ce que la science conventionnelle pouvait imaginer. Ces connaissances m'ont plongé dans une frénésie de recherche, une quête effrénée pour percer les secrets ultimes de la vie et de la mort.

Après avoir été écarté par la communauté scientifique pour mes recherches controversées, j'ai trouvé refuge dans un lieu isolé, loin des regards indiscrets. C'est là que j'ai érigé mon laboratoire, un sanctuaire dédié à l'exploration des frontières interdites de la science. Le bâtiment était imposant, une construction austère en pierre sombre qui se dressait fièrement au milieu d'une vallée oubliée. Les murs étaient ornés de symboles ésotériques et de dessins mystiques, révélant la nature sinistre des recherches menées à l'intérieur. Le laboratoire était un labyrinthe de pièces sombres et de couloirs tortueux. Des machines sophistiquées trônaient sur des tables en bois, bourdonnant d'une énergie étrange. Des étagères étaient remplies de fioles contenant des substances inconnues, émettant une lueur faible, mais menaçante. Nous étions enveloppés d'une atmosphère électrique, créée par des générateurs d'énergie puissants qui alimentaient les expériences les plus audacieuses. Des éclairs d'électricité dansaient dans l'air, éclairant les visages concentrés de mon équipe de scientifiques dévoués.

Dans mon isolement, j'ai rassemblé une équipe de scientifiques passionnés, des esprits brillants qui partageaient ma soif insatiable de connaissances. Ensemble, nous avons franchi les frontières inexplorées de la génétique, cherchant à créer l'Être parfait qui surpasserait les limites de l'Humanité.

— David, tu comprends que ce que nous faisons ici est extrêmement risqué ? déclara le Dr Johnson, un généticien renommé.

— Je le sais, mais je suis convaincu que nous sommes sur le point de faire une découverte qui révolutionnera le monde de la science. Nous devons oser repousser les limites et explorer les possibilités infinies de la reconstruction génétique, lui répondais-je avec conviction.

Nous avons passé des mois à perfectionner notre plan, à analyser les données et à concevoir les manipulations nécessaires. Les discussions animées résonnaient dans les couloirs sombres du laboratoire.

— Es-tu sûr de vouloir continuer avec ce projet ? me demanda le Dr Park, experte en biologie moléculaire. Les conséquences pourraient être catastrophiques.

Je me suis tourné vers elle, déterminé, mais conscient des risques.

— Nous devons rester vigilants et éthiques dans notre approche, Park. Je suis prêt à assumer les responsabilités de nos actions.

Le jour tant attendu arriva. L'équipe était tendue d'anticipation alors que nous nous tenions devant la cuve centrale, là où l'embryon, renfermant les dizaines de croisements génétiques, flottait.

— Nous ne savons pas quelles conséquences cela aura, dit le Dr Johnson, une pointe d'inquiétude dans sa voix.

— Nous avons pris toutes les précautions nécessaires, Johnson. Nous sommes prêts à franchir cette étape.

Le moment était venu. J'ai tourné lentement la clé de l'interrupteur principal, et une énergie déchaînée a commencé à circuler dans le laboratoire. Les machines se sont mises à bourdonner, les néons au-dessus de nos têtes ont commencé à crépiter et nos solvants et substances chimiques se sont mis à fumer dans les fioles. Soudain, un silence glacial s'est abattu sur nous. L'électricité statique dans l'air semblait se figer, prélude à quelque chose d'inimaginable. Puis, du centre de la pièce, une silhouette a commencé à se matérialiser. La créature est apparue lentement, émergeant des ombres. Ses yeux rougeoyants perçaient l'obscurité. Son corps était massif et puissant, les muscles se contractant sous une peau aux reflets démoniaques. Des griffes acérées étincelaient à la lumière, prêtes à déchirer tout ce qui oserait s'opposer à elle.

— Mon Dieu, qu'avons-nous fait ? murmura le Dr Park, bouleversée par la vision devant nous.

Alors que nous admirions notre création, nous avons rapidement compris que nous avions franchi une frontière dangereuse. La créature dégageait une aura sombre et malveillante, une présence démoniaque qui nous emplissait d'effroi. La créature ne connaissait pas d'autorité, pas même la mienne. Elle était libre, indépendante et rapidement elle a commencé à semer la destruction dans le laboratoire. Les étagères se sont renversées, les instruments se sont brisés et les cris de terreur ont rempli l'air. Nous avons compris que nous venions de créer une force que nous ne pouvions contrôler. La créature était devenue le symbole de notre propre arrogance et de notre quête insensée de pouvoir.

— Hem, nous devons l'arrêter ! Nous ne pouvons pas la laisser causer plus de dégâts ! cria le Dr Johnson, désespéré. Les survivants de l'équipe se sont regroupés et ont commencé à élaborer un plan pour l'arrêter. Les cœurs battaient à tout rompre alors que nous nous préparions au combat pour notre survie. Le laboratoire était devenu un champ de bataille. Les éclairs électriques crépitaient dans l'air, éclairant les visages déterminés des scientifiques qui se préparaient à affronter la créature démoniaque. Les machines tournaient à plein régime, les murs tremblaient sous la violence des assauts.

— Nous devons agir vite, nous devons trouver un moyen de la neutraliser avant qu'elle ne s'échappe dans la nature ! dit le Dr Park, le regard rempli de détermination.

— Utilisons les générateurs d'énergies pour créer une impulsion électromagnétique. On pourrait la désorienter temporairement et nous donner une opportunité de la maîtriser, dit un des chercheurs, la voix tremblante.

Nous avons mis en place notre plan, nous coordonnant avec précision. Alors que la créature s'approchait, grondant de rage, nous avons activé les générateurs, libérant une puissante décharge électrique qui enveloppa la salle. La créature hurla de douleur, ses mouvements devenant désordonnés. Profondément concentrés, nous avons réussi à la maîtriser, à la contenir. Mais nous savions que notre victoire était temporaire. La créature était puissante, résistante, elle ne resterait pas captive pendant longtemps.

Alors que nous contemplions notre prison improvisée, la créature émettait une aura de colère et de haine. Son regard perçant s'est posé sur moi, comme si elle cherchait une faille dans notre défense. Puis, alors que tout semblait perdu, une idée jaillit dans mon esprit. Je me suis précipité vers une armoire à l'autre bout du laboratoire, ouvrant les tiroirs et cherchant le remède à notre création maudite. J'en sortis une seringue contenant un sérum que j'avais élaboré dans le plus grand secret.

— C'est notre seule chance de la vaincre ! Nous devons essayer de lui injecter ! hurlai-je.

Le reste de l'équipe se rallia à moi, luttant contre la créature. Nous avons réussi à la repousser suffisamment pour qu'un membre de l'équipe puisse l'immobiliser temporairement en lui crevant un œil. En approchant avec précaution, la seringue dans la main, prêt à prendre le risque, la créature dégagea brusquement une puissante onde d'énergie, envoyant voler tout ce qui se trouvait à proximité. Elle bondit hors de notre portée et s'échappa en traversant le mur. Nous étions laissés en proie à la confusion et à l'épuisement, contemplant la brèche laissée par la créature qui avait trouvé la liberté dans la forêt environnante. La pluie battante commença à tomber, lavant les restes de notre laboratoire en ruines.

— Elle s'est échappée, soupira Park, la voix remplie de défaite.

— Oui, nous avons échoué, répondais-je, la seringue encore dans les mains.

Imprimé en Allemagne
Achevé d'imprimer en janvier 2024
Dépôt légal : janvier 2024

Pour

Le Lys Bleu Éditions
40, rue du Louvre
75001 Paris

www.ingramcontent.com/pod-product-compliance
Lightning Source LLC
Chambersburg PA
CBHW062348010826
49168CB00024B/308

* 9 7 9 1 0 4 2 2 2 1 3 5 5 *